君靈鈴、嘉安 合著

Family Sky 天空數位圖書出版

目錄

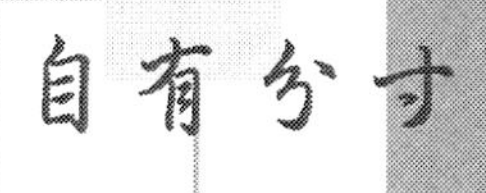

自有分寸

文：君靈鈴

聽朋友說他有個朋友已經三十幾歲卻老是像個長不大的孩子讓父母操心，但偏偏那人自己一無所覺，都老大不小了還沒個正經，三天兩頭換工作不說，還總是覺得自己沒有遇到伯樂也沒有天賜的好運，所以才會到今時今日仍無任何成就。

但說真的，他父母也沒要求他得有多大的成就，只希望他腳踏實地好好找份工作有個穩定收入就行，家裡什麼開銷都不用他擔心，他唯一該擔心的其實就只有自己而已。

然而面對這樣的情況他卻總是一副不太有所謂的樣子，然後一臉不耐煩跟父母說他「自有分寸」。

是怎樣的自有分寸？

是三個月換一個老闆然後休息幾個月再出發接著再如此不斷循環下去就叫自有分寸嗎？

還是窩在家休息的時候父母連唸叨兩句都不可以還得承受他脾氣不定時爆炸？

又或者是別人要給他介紹工作他不要，總想著如果坐在家裡就有錢賺該有多好？

以上種種情況就叫知道分寸嗎？

想來怎麼看也不對吧？

但他卻認為自己一點錯也沒有，自尊心高到上天，最後把自己的現況怪到母親身上，說什麼是母親生他出來時的時辰不好，他的命運才會這麼不順。

聽到此讓人不禁搖頭，想著那人所謂的自有分寸根本就是一種藉口也是一種偽裝，假裝自己很懂事很有想法，但骨子裡根本不是那回事兒，說穿了只是個沒長大又懶惰只想賴在家裡的老小孩而已。

所謂分寸，該怎麼拿捏是門課題，尤其用在對人生的態度上更是不得馬虎，不是丟一句「我知道自己未來該怎麼走」就好，而是應該真的認真看待自己的人生規劃。

人是該有自尊心，但在維護自尊的同時，他人的好意或父母的關心也不該棄之如敝屣，因為幫助不可能時時都有，當然父母也不可能永

遠健在，不成長只唯我獨尊的人到最後很可能一無所有，到那時候人生的分寸已然大亂，還能如此有自信地拍著胸脯大聲說自己「自有分寸」嗎？

人生不是非要做了什麼大事才算不虛度光陰，但無意義的浪費時光對人的一生來說卻是最奢侈的事之一。

人生說長不長說短不短，一個人一生走到最後也可能僅剩自己，如果在可以改變的時刻沒有學習改變，就這樣依賴著惰性與懷抱著過度的自尊心度日，等到年華老去的那一天來臨，真真是後悔也來不及了！

高高在上

文：君靈鈴

有一種人給人感覺高高在上，自認為很了不起，但重點是沒有人認同他，反而還在背地裡嘲笑他的高高在上，笑他活在自己的世界裡。

但其實這樣的人很常出現在我們的生命中，不管是親戚、同事還是朋友，總會有那麼一個跩到不行但卻沒人知道他在跩什麼的人。

因為在他人眼中，他們一無是處卻老是喜歡空口說大話，拼命營造自己很強壯的表象，但骨子裡卻是一點實力也沒有，是個只會誇大自己的草包。

說來這類人挺可悲的，他們用浮誇的方式刷存在感，結果存在感是刷出來了，但卻不是往好的那方面發展，畢竟沒有實力只靠自誇是完全無法掩蓋他們無能的事實。

說了做不到其實他們自己也知道，但就是因為什麼都做不到，如果連嘴巴也毀滅了，那麼他們就會認為自己的世界是真的末日來臨，所以只好繼續讓嘴巴活著，而其餘的地方就繼續荒廢，沒有一絲一毫想讓其他器官復活的跡象，孰不知他們這樣做其實很傻。

與其只靠高高在上的空殼活著，還不如多充實自己得到別人真心的肯定，這樣刷存在感才有意義。

不過糟的是，像這類的提點有時還是不被這類人接受，因為他們認為如果自己一直都是這樣走過來的，本來就已經無視任何議論的他們，根本不需要改變，還不如就這樣繼續做自己，做一個靠嘴巴活著卻一無是處的自己。

但他們沒有認真想過，這樣的自己是真的自己嗎？

在刻意誇大自己的背後，其實伴隨著濃濃的自卑感，若不是因為自卑怕別人看不起，他們又何須自誇來鞏固自己的信心，所以說他們的高高在上其實是在給自己信心，是他們為自己築起的一道城牆，即便這道牆其實可能隨時坍塌，他們也刻意忽略，仍是每天只忙著努力砌牆，想讓牆高一點、穩固一點。

只是如果態度一直不改變，那麼這道牆永遠也不會穩固，更多時候是被輕輕一推就全盤皆輸。

有實力才敢大聲也才有本錢說話大聲，這樣的話是有它一定的道理，尤其是在現今這個競爭激烈的社會，沒有實力就等著被淘汰，再會耍嘴皮子也沒用。

或許這類人中會有一些好運點的有靠山可以依靠所以可以繼續隨心所欲，但靠山只要不是自己，那麼時效就不會是永遠，因為人最可靠的對象永遠都是自己而已。

文：君靈鈴

做人要做到面面俱到八面玲瓏有多難？

如果做到了又該怎麼維持下去？

畢竟每個人個性都不同，要去應對各式各樣的人還要做到讓每個人都豎起姆指誇讚，如此完美的人設又豈是幾天幾日可以塑造出來的？

當然不，在達到八面玲瓏這個境界之前有太多困難與障礙得突破，絕非像有些人說的「見人說人話，見鬼說鬼話」單單二句如此簡單，但若要說這兩句話不對，那倒也不是，只是八面玲瓏是將此兩句話再昇華而已，而且不僅是升級還得升到最高段位。

此路途相當艱辛，很多人在途中就放棄了，也有人樂於做自己壓根兒不屑成為他們口中那種惺惺作態用盡各種方法去迎合任何人的人。

如此看來，似乎在某些人眼裡能做到八面玲瓏的這類人在這些人眼中似乎假得可以，但說實話就算是假，這群身懷絕技的八面玲瓏族人也假得很真，因為那就是他們斬除障礙保護自己且讓自己更上一層樓的武器。

此絕世神兵非一朝一夕就可現世，必須經過千錘百鍊，練就一身同等事件他人氣到捶心肝他們卻當是吃飯，遇到壞事不覺壞只覺應是挑戰來，應對首先送出笑只因俗話伸手不打笑臉人，雖然不知道八面玲瓏族裡的大夫是否專治心口氣滯或肝火旺盛，但不得不說他們就是有法子讓自己面對任何情況都做到不得罪任何人且讓事情圓滿收場。

「任何事都想著要周全圓滿，這樣不累嗎？」

還記得曾經問過一個此族的大師級人物，而他神祕一笑笑而不語，但眼底那一瞬間閃過的眼神卻讓人發現，原來神人也是會感到累的，但他們選擇不語，因為這個世界上總得要有這類人存在，世界才會和平一點，就算被人說假說虛偽，他們也不在乎。

說穿了倒也不是有什麼拯救地球的雄心壯志，僅僅只是持續維持著自己的保護色，在自己做得到的範圍盡可能讓大夥兒都好好的，別因為一點雞毛蒜皮的小事大動干戈，畢竟有些事真的很小，只消一個人出面打個圓場就解決了，而他們通常就扮演這樣的角色。

所以如果遇上他們，請別覺得他們很假很虛偽，或許他們只是覺得自己能力所及只消動動口就可以解決問題，何樂而不為呢？

畢竟這個世界真該少點爭吵多點美好，而他們就是散落在各地的一些小幫手而已！

只是怕丟臉

文：君靈鈴

有一種人，什麼都不在乎就只在乎面子問題。

家裡有急用該找人幫忙，他卻死也不出面，說是這樣很丟臉。

明明失業了，他卻假裝自己還任職高位，因為這樣才不丟臉。

自己發達了，他卻開始覺得父母很窮酸所以不聞不問，因為他覺得這樣的父母很丟臉。

功成名就了，他卻盯著與他共苦的妻子瞧，怎麼瞧怎麼不順眼，總覺得這樣的女人帶出門很丟臉。

孰不知，有上述想法的他才是最讓人感到丟臉的人，不只丟他自己的臉，還丟他祖宗的臉，因為這個人只活在自己的世界，事事以自己為考量，卻忽略這個世界不該只顧自己丟不丟臉。

而因為他從來不想這些，所以漸漸的失去了很多，妻子離開他不說，工作方面也一直不順利終至踏入窮困潦倒的那一日，而這一日的到來他唯一的歸處，就是那個讓他覺得很窮酸有著父母的地方。

人不該忘本，但他卻忘了，所以他走到今天這個地步，而在今日之前他一直都不知道，那些之前讓他覺得一起出門玩樂不丟臉的同伴還有外遇對象在他落魄後全都消失不見，這時的他才明白什麼叫「酒肉朋友」什麼叫「歡場無真愛」。

這時候什麼叫丟臉他已經不在乎了，吃著母親剛煮好還熱騰騰的飯菜，他目光泛紅，喉頭像被硬塊哽住，雖然有無數的話想說但最後卻仍是只艱難的吐出三個字。

「對不起。」

這三個字讓他父母互視一眼，他父親欣慰的笑了，他母親只是溫柔的摸了摸他的頭，暖聲要他吃慢一點、吃飽一點，雖然什麼都沒有了但他還有他們，他這才發現這個家雖然破舊但至少是個避風港，可以容納他這個終於發現自己才是最丟臉那個人的傢伙靠岸。

人生到了谷底才成為一個懂事的人，如果以前的他，一定會大力嘲笑這樣的人非常丟臉，怎麼混到這個年紀了還走到谷底，這是多麼丟臉的一件事啊！

但等他自己遇上這樣景況的時候他才發現，這其實一點也不丟臉，該感到丟臉的是人生走到谷底還不懂醒悟，這樣的人才是真真超丟臉。

所以後來他懂了，以前他覺得丟臉的情況，其實根本不丟臉，如果是因為家人因為天殺的面子問題而讓自己成為一個讓人非議的人，這才是真的丟臉！

文：君靈鈴

很多時候某些人會因為一個不甘心而逼自己忍耐屈就在一件事或一個環境裡，在明知道繼續待下去只是讓自己更難受的情況下卻不願意放棄，孰不知其實只要轉身離開能看見的絕對是另一片天地。

有時候執著是好事但有時候也是壞事，而太過執著更是一種自困的行為，有些事不是非要爭到頭看到結果才是個方法，當尊嚴已經被踐踏，自尊已然消失不見，甚至根本已經沒有立足之地，轉身離開有時候就是最好的辦法。

或許有人會覺得這樣似乎很沒用很窩囊，也認為只要還有一口氣在，不爭個你死我活絕對不行，但如果只贏得了勝利卻輸了全部，這樣的戰爭其實並不划算，更甚者只是讓自己更痛苦而已。

勝利的喜悅很可能只是一瞬間而後續帶來的空虛感才是這場戰爭的全部，孤獨的勝利雖說也是一種勝利，但很多時候戰敗的豐盛更讓人溫暖於心。

尤其，如果是不擇手段的勝利更是無法贏得他人的尊重，背後的竊竊私語及無意間投來的異樣眼光都讓人感到不適，因為勝之不武無法贏得人心，而得不了人心不管在任何地方都無法真正稱王。

轉個身吧，只要不一直看著前方逐漸變黑暗的地方，只要轉個身其實就能看見有道曙光正緩緩直射而下，只要走過去沐浴在那曙光之下，隨之充斥周身的溫暖氣息馬上就會讓人知道，這裡才是對的地方，而那個錯的地方就留給想繼續待在那裏或真正適合待在那裏的人去待吧。

此處不留爺自有留爺處，這樣一句看似賭氣又不甘心的話語其實也隱含著不想再繼續被輕視糟蹋的傲氣，走就走何必留戀，如果曾經賞識自己的人現在已經把自己看成一灘爛泥，那麼誰又需要再把這個人奉為神祉呢？

不留戀其實也是對自己的一種肯定，不需要有被丟棄的想法也不需要覺得自己已被利用殆盡沒有價值，自己的價值由自己掌握，隨時充實自己提升自己才是讓自己走向更高一階的王道。

人的一生汲汲營營，追求的事可能很多，但無謂的執著絕對是人生中最不需要固執以對的事。

如果轉身離開抬頭就能看見陽光，那又為何要一直待在對自己已然變成陰暗潮濕又不舒適的地方，做著自己不喜歡的事聽著自己不想聽的話受自己不想受的氣呢？

真話假話

文：君靈鈴

有人愛聽真話也有人愛聽假話，這全憑個人喜好，但何時該說真話何時該說假話卻是一門高深的學問，畢竟有時候人說話太老實會被罵白目，而有時說謊卻會引來不必要的麻煩。

就拿真話來說吧，按道理說，人應該要偏向喜歡聽真話不該喜歡聽假話，但偏偏真話有時頗刺耳，聽了就扎心讓人感覺不舒服，而假話就不同了，聽了就像喝了蜜一樣舒暢，心裡舒服不說可能還甜滋滋的，一苦一甜的比較之下，在真話假話這場拔河賽中，假話竟然時常占上風，這恐怕得歸咎於很多人都不願意面對現實這一塊。

只是，假話終歸只是不切實際、不貼合現實層面的虛假之詞，雖然其中也有「善意的謊言」這類不合群的區塊，但終究是少數，所以說假話嚴格來說還是人們不願意面對現實或是逃避的一種表現。

可是總會有人有疑問，難道一直說真話就是件好事了嗎？

雖然媽媽總是交代做人要誠實正直，但太過正直的結果有時竟然是令人訝異的反效果，這真話假話兩條路到底要怎麼選擇實在讓人很頭疼。

說實話這的確是個讓人頭疼的問題，尤其是在職場上，有時候太過老實真的是會吃虧，就拿拍馬屁這件事來說吧，大抵大家都心知肚明，拍馬屁這個文化本就是說假話這個門派出來的，因為說的大多是違心之論，而且還得配合諂媚的語氣跟表情，對於不熟悉這門派的人而言，要演的入木三分是有難度的，演不好被拆穿還會落得兩邊不討好的下場。

所以這個馬屁到底是要拍還是不拍？

拍得好很可能就可以平步青雲，拍不好可能就是被踢落最底層從此看不見上升的階梯，可是老是說著違心之論就為了前途，這樣真的好嗎？

很多人心裡都有疑問，但沒有人想確切去得到解答，所以大抵就是兩種選擇，一種隨波逐流，別人拍我也跟著拍，另一種就是老子不屑同流合汙，此處不留爺自有留爺處。

這兩種選擇沒有人可以去評論誰對誰錯，每個人有自己的生存方式，要說真話說假話選擇都在自己，唯有一點要特別注意，那就是自己的良心得過得去，人若沒有了良心，那真的就什麼都不算是了，未了一己之私說了假話去傷害到他人，到最後只會發現反噬效應會撲天蓋地而來，重傷的只會是自己而已。

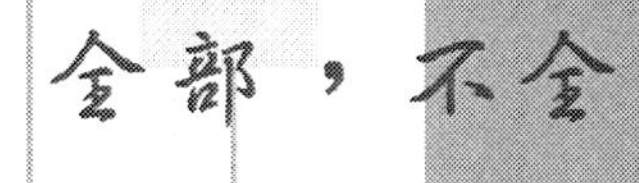

文：君靈鈴

最近參加了一場喜宴，席間聽到長輩談天之際提到一個朋友，內容並不是很重要，但有一句卻讓人陷入思考，那就是「以為自己擁有了全部，但實際上卻發現好像少了點什麼」。

那到底是少了什麼？

長輩的這位朋友覺得自己事業有成家庭幸福，但依然感嘆父母早逝自己還不來及讓他們享福他們就已在另一個世界。

這是這個人感覺到自己人生中有個缺塊的地方，而事實上我們都知道，「完美無缺」這四個字要實現的可能性並不大，尤其是使用在人的一生中，那更是少之又少。

曾經覺得自己好像什麼都有了，可總在夜深人靜時想起一些遺憾並帶來一些後悔，有時一覺醒來就忘了，但有時卻如夢魘般纏著人不放。

所謂的擁有全部很可能只是表象，也可能只是一種不服輸或是想宣告自己終於揚眉吐氣的方式，所以全部通常不是全部，其中總有不全的地方，而這個地方有的人願意說，有的人喜歡深埋心中，有的人則選擇逼迫自己遺忘。

但不管是說出來還是藏在心裡又或是逼自己忘記，這個不全都是存在的，它的存在就算要強力抹去還是存在不容質疑，就像一個圓永遠缺一個大角或小角，端看這個不全到底不全到什麼程度而已。

但這個不全是不好的嗎？

其實不盡然，有人總說人生要有點缺陷才完美，這個說法雖然並無法得到全部人的認同，但無可否認每個人心裡都會有認為不全的地方，可大可小可輕可重，大的重的會像一塊重石壓迫著心臟，小的輕的會像一根羽毛不時輕輕搔著心窩。

只是在意歸在意，已經無法挽回的事倒也真該勸自己稍稍放下讓自己輕鬆一些，而還能挽回的事就別猶豫，該怎麼辦就怎麼辦，別讓這個不全缺口繼續放大，從羽毛變成石頭，那就太折磨自己了。

不過，每個人總有一些崁是自己過不去也聽不下別人勸的，明明也知道不去補救不好，明明也知道已經不全就該想法子彌補，但總是面子或因為其他因素拉不下臉，自己跟自己過不去，就讓自己僵在原地。

何必呢？

既然已經自信自己擁有了很多，那麼稍微放軟一點姿態或心態又如何？

自己就是自己最大的敵人，如果人生中的不全還能補救，那就該跨越自己這道崁，別等來不及才懊悔自己當初為何沒有跨出那一步。

人前笑臉，人後碎嘴

文：君靈鈴

雙面人大概是世界上最被討厭的人種之一了，但很可惜這類人占比不低，說實話挺容易遇上的。

就拿貞貞的經歷來說吧，她進現在的公司時有個同事特別照顧她，所以她很自然就對這個人特別信任，有什麼事都會跟對方說，大到公事小到私事，總之她掏心掏肺把對方當成好姐妹，卻不料在她努力奮鬥升遷到比對方位置還高時，很多閒言閒語跟攻擊就接踵而來。

一開始貞貞還疑問到底是誰知道她這麼多事還自顧自加油添醋，曾經有人提醒過她要不要深思一下對她了解如此透徹是不是跟她很親密的人，但她思來想去從來也沒把苗頭指向好姐妹過，畢竟在她看來好姐妹在她面前並沒有改變，孰不知其實把貞貞推向風尖浪口的人就是她口中的好姐妹。

貞貞當場大受打擊，而這時的她也才知道原來還真的有人可以在人前說一套人後做一套，在你面前對你笑著鼓勵著，但背後卻是準備了好幾把刀，對準了你的要害毫不留情就捅。

想當然爾，毫無防備的貞貞就這樣被捅的刀刀見血，最後離開了那間公司，但她倒是不難過，慶幸自己這次得到了教訓學到了很多，也開始知道自己出門在外不能一點防備心都沒有，要不真的怎麼死的都不知道。

而這種在人前都掛著笑臉，人後卻忙著算計的這類人潛伏的範圍很廣，可能是同事，可能是朋友甚至可能是親密的人，所謂明槍易躲，暗箭難防，如果人一點戒心也沒有，中箭只是遲早的事。

但這當然也不是在勸人得時時刻刻杯弓蛇影，陰險的人存在但好人也不少，如何去判斷相交的人是好是壞是門課題，就像在遊戲裡打怪升級般，有些事有了經驗的累積也會有更佳的判斷力。

人的一生哪能不吃虧不受攻擊呢？

重要的是在吃虧之後有所成長，在受攻擊後變得更堅強，努力自我提升才能在往後若是不幸遭遇同樣的情況時懂得如何應對，不再白白吃虧受辱。

雙面人或許很討厭，但很奇妙的是遇上這樣的人反而是讓自我升級的好機會，但有一點要特別注意，那就是既然明白雙面人不討喜，那就別讓自己成為這樣的人。

光明坦蕩才是為人之道，小人行為只會受人唾棄，思之慎之。

必須

文：君靈鈴

人生在世必須得做什麼，必須得避開什麼，相信每個人都自有一套準則，或者說在耳濡目染下形成一種規則。

然而所謂的「必須」在很多時候卻成為一個禁錮人們的枷鎖，因為必須去做所以做了，但做了之後卻發現所謂的必須做好像對自己而言並沒有那麼必須，而那些必須避開的事在仔細想想後卻發現好像自己更有興趣想做。

這樣的矛盾可能會持續很久，勇敢一點的人或許會突破盲點去追尋自己真心想要的必須，而較為謹慎的人就會思考很久，想著自己的必須到底是從小根深蒂固的觀念才是必須，還是新發現的一切才是必須。

其實有時候何必想太多呢？

世界一直在改變，很多舊有的觀念早已不符合時代的腳步，很多是不是非得一定要那樣做或是一定得做才是對的，也有些事在以前可能非主流或不入人眼，但現在卻是新興事業。

想不被社會淘汰就得跟上時代變遷的腳步，用瞬息萬變說不準已經不足以形容現代社會變化的速度，再加上現代人的觀念很多早與以前舊時代不同，想抓到好時機得到成功，就得知道到底什麼才是「真正必須」得做的事或是「真正必須」該走的方向。

別再被某些觀念給束縛了，想著自己必須一定要做什麼才能達成目的，不懂變通的結果很可能就是嚐到失敗的苦果。

俗話說「條條大路通羅馬」，這句話很明顯就在說明很多事要達成並不只一個辦法，如果守著已不合時宜的法子硬是想闖還不給自己留轉圜的餘地，成功真會到來嗎？

想來是不盡然吧？

說到這兒不禁想到之前遇過一個學生，他說他每天唸書唸得人都快自閉了，而他會每天都抱著書本不放的原因，是因為父母說了人必須得唸書才有出息，孰不知他對唸書真的不在行，但他在畫畫方面卻很有天分，可他父母卻不願在他有天分的部分栽培他，反而希望他考上醫學院，以後當個醫生，認為這樣才是有出息的代表。

或許孩子有出息對某些父母而言是件非常重要且必須的事，但所謂的有出息絕對不是單指一個方向，行行出狀元這句話不是說假的，只要能拋開既定觀念，給孩子更大的空間與自由任他揮灑在他有興趣有天分的正確道路上，他就能成為那條路上的佼佼者。

或許必須是必須的，但在必須的後頭該接上什麼字眼真該好好想想，但有兩個字可能是最不需要的，那就是「束縛」。

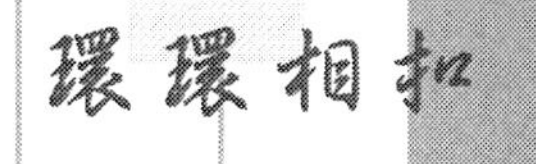

文：君靈鈴

「只要我喜歡有什麼不可以」這句話老掉牙的話應該很多人都聽過，但沒聽過的人也沒關係，因為這句話其實跟日常生活中與我們相遇的很多人息息相關。

相信在社會上待久了的人都會發現，總是會有一部分的人非常自私，總是只顧自己不顧他人，在他們的觀念裡就是唯我獨尊，我覺得好別人覺得不好無所謂，對待任何事的態度永遠以自己優先，無論什麼時候都只先想到自己，完全不顧他人的感受。

但他們不知道的是，這樣的觀念根深蒂固的結果就是引來他人的唾棄與遠離不說，最後還可能反噬到自己身上。

因為還沒有發生所以並不在意，又或者說是等到發生了也還不知道自己做錯了什麼很常是這類人的通病，畢竟他們總是以自己為優先考量，自然不會認為如此小心翼翼關照自己的自己會出事，也不認為自己做了什麼錯事才因此遭到反噬。

但其實很多事都是環環相扣的，今日你不理他人感受或安危，明日很可能遭殃的就是你自己，千萬別以為這種事不會發生，在這個瞬息萬變任何事都有可能發生的年代，一時的自我就有可能造成往後的危機，甚至落入宛如一個人處在孤島孤立無援的處境。

雖說有句話叫「人不為己，天誅地滅」，但在很多事前這句話並不受用，保護自己的心態是必須的，這點是正確的，但適時的替他人著想或配合他人也是一種自我保護的方法，尤其是在需要很多人配合的情況下，自私的心態便不需要存在，因為存在了就會導致令人崩潰的結果。

就好比席捲全球的疫情來說，明明是需要人們團結起來配合的時刻，卻偏偏老是有程咬金出來搗亂不說，還老是說著不合邏輯、不合時宜的話，在那「只要我喜歡有什麼不可以」的態度之下，引來的就是其他人的罵聲連連。

說真的何必呢？

人是群居的動物，就算嗆一句「老子自己一個人也能活下去」但實際上真是這樣嗎？不盡然吧？

人類群居社會形成年代已然久遠，人與人之間的羈絆早已成為了一種緊密相連的網狀圖，就像人體中各個器官各司其職般，這個社會也是同樣的邏輯。

所以很多事不是自己認為好就好，無論如何也該多想想他人的感受，自私或許能讓自己獲得一時的快樂，但快樂建築在他人的痛苦上，其實真不是太合適的選擇。

所以即便連兒女都勸她適時放手，但她卻從來沒有考慮過這個問題，對她而言「照顧鄰居」這件事已經算是生活的一部分，無法切割也無法割捨，最後她自嘲的笑說要結束這件事可能要等她自己也需要別人照顧時才會發生了。

其實這種事在看到這個新聞之前倒是也有聽說過類似的事件，內容大同小異，都是有人為了沒有血緣關係的人付出且不求回報，這樣的情感實屬難得也很令人佩服。

畢竟在現在這個世道，很多親人之間都疏遠的令人嘆為觀止了，撕破臉或老死不相往來的時有耳聞，還能聽到或看到這樣的情況著實讓人覺得心頭一暖，想起了「人間處處有溫情」這句話。

當然，「處處」這兩個字可能是誇張了點，可能很多人會說我見識到的都只有冷漠無視，聽到的都只有冷言冷語，所謂的「處處」其實還是少數，這可能是某些人的心聲，但有時候我們也該想想如果一直都只是看到他人的冷漠無視或聽到冷言冷語，那麼自己是否也不曾釋出善意或微笑，才會導致如此呢？

有時適度的付出一些原本自己認為不必要的溫暖，為這個日漸冷漠的世界帶來一絲暖意，相信也是不錯的選擇吧。

改變的型態

文：君靈鈴

生活型態改變了應該是最近很多人的感觸，因為疫情的關係讓很多人平時一天該走的流程完全變調，但這是為了保護他人也保護自己，就算覺得辛苦也只能忍耐，祈禱有天能雨過天晴。

不過在這樣的改變之下，其實也很多問題衍生出來，就如孩子待在家的時間變長了、本來到公司上班改為在家上班、習慣假日出去走走現在哪兒也不去了、不能在外隨意吃東西等等，總之改變了很多事，但有些人卻適應不了，或者說是不太想去適應或那麼勉強自己。所以亂象就來了，這其實也不該意外，畢竟是之前沒有遇過的糟糕狀況，難免讓人無所適從，在這個疫情的漩渦裡沒有人可以置身事外，畢竟誰也無法保證哪裡一定安全哪裡又一定危險。

但這樣的改變其實也在時間的催化下擊垮了很多人的原本堅固的心態，本來認為沒什麼，但看著新聞一篇又一篇報導著，看著確診人數上上下下，心情也跟著坐雲霄飛車上下起伏，注意每天的確診人數及確診者足跡好像就成了每日的一種必修課題。

當然，我們不喜歡這種改變，這是被逼迫不得不為的改變，病毒在後頭追著而我們在前方跑著，深怕一個不小心倘若跌倒了，那麼鋪天蓋地而來的就是染疫。

然而先撇開疫情這個話題不談，這樣改變的型態如果不往壞處去想，其實好處也是有的。

就像有些人說以前都沒時間陪家人，現在可以天天膩在一起，也有人說以前不知道在家其實有很多樂子可以找，現在終於知道了，又或者是本來連廚房都不願意踏進去，現在卻天天樂於下廚當個廚夫廚娘，這些都算是比較正向的改變。

當然也有人成天從窗戶望出去看天空，無奈不知道自己何時可以再出國遊玩，也有人覺得生活變得相當不便，規範很多不如以前自由不受拘束，雖然也知道是無可奈何的情況，也知道出外遊玩不急在這一時，但內心的煩悶總有股無處發洩的躁鬱感，恨不得疫情可以馬上消失讓生活恢復正常。

這是這次疫情帶來的種種改變，當然也不只於此，改變到底是好還是不好依然是見仁見智，只是如果這次的改變可以讓我們學習到以前不曾去涉獵或深入了解及關心的人事物，那麼或許勉強可以說是一種另類的收穫吧。

鼓勵

文：君靈鈴

鼓勵這件事很多人可能都比較會習慣用在比自己年紀輕的或是自己的孩子身上，但孰不知其實每個人都很需要鼓勵，因為正當的鼓勵對任何一個人來說都是一種很令人欣喜的感覺。

不管是誰正要去做一件自認很困難的事時，都會希望收到鼓勵，不管言語多短，甚至只有「加油」二字，只要是真心誠意的祝福，都會令人感到窩心。

當然，就像前頭說的，這並不僅止於使用在孩子或年紀輕的人身上，對於很多中年老年人來說，一步步慢慢退化或甚至已然老化的他們，有時候更需要鼓勵。

例如老人家關節退化了，說著自暴自棄的話不說，也鬧著不想出門，這時候其實他們需要的是鼓勵跟陪伴，只要有耐心鼓勵他們走出門用耐心陪伴他們走每一步，就算只是幾步路，他們也會覺得很開心。

很多人都說老人家其實跟小孩子沒兩樣，這一句話認真說來有它一定的道理，就像幼時我們需要父母鼓勵陪伴在旁般，當我們老了之後身體很多功能都退化了，這時候就會像年幼那時需要有人在旁，這方面是挺雷同無誤。

但除了老人小孩，其他人就不需要鼓勵了嗎？

不不不，鼓勵人人需要，而且有時候會成為一種很好的動力，人大多都愛聽好聽話，鼓勵雖不能完全跟好聽話畫上等號，但基本上就是一種激勵人心的術法，有時候法術施的好不好是其次，是否是真心應援才是重點所在。

所以有時候不要吝嗇於鼓勵他人，也不用想著一定要長篇大論才有效果，很可能一句輕快真心的鼓勵就可以讓對方得到滿滿的力量，很輕易能做到的事就該常常去做，請別吝惜開口。

而對於孩子，鼓勵這件事對他們的成長有著很大的關係，在鼓勵中成長的孩子與在責罵中成長的孩子相比，通常前者在長大成人後的三觀會比較正向，人也會比較開朗樂觀容易融入社會，而後者在壓抑高壓的環境下成長，性格通常也會發展成比較抑鬱且不容易與他人相處的模式。

鼓勵他人不難，但看有無這份心而已，而這個世界本來善意與惡意就是一場很嚴峻的拉鋸戰，而選擇哪方加入雖然是自由心證，可換個方式想想，如果這個世界仇恨值拉到最高，對於我們來說真的是件好事嗎？

自愛不傷害

文：君靈鈴

「人要多愛自己一點」這句話近年來很常聽見，而也漸漸有許多人開始醒悟並執行，但在懂得愛自己的同時另一個問題也衍生而來。

懂得愛自己自然是很好，但在愛自己之餘也應該注意不該從自愛變成自私，僅為自己著想一切而忽略他人的感受及損害他人的利益，讓自己成為一個完全以自我為中心的人，想做什麼就做什麼，想說什麼就說什麼。

這樣的肆意妄為其實已經不是愛自己的一種表現，就像網路上日漸嚴重的霸凌現象，就是一種肆意妄為，躲在螢幕後打著鍵盤，認為自己想說什麼就可以說什麼，沒有考慮到後果也沒有想過一段話按下 ENTER 鍵之後會不會對別人造成影響或傷害，口無遮攔的結果很可能是帶來他人的毀滅。

這些鍵盤殺手真正追求的是什麼其實各有不同，有的是吃飽太撐、有的是嘴巴太閒、有的是不吐不快、有的是覺得反正只是說嘴又不會怎麼樣，總之什麼心態都有，但不管是什麼心態，只是要酸言酸語或涉及人身攻擊對他人而言就是一種傷害一種重創，事後的道歉有時候根本已經於事無補，因為傷害已經造成，再多的道歉有時候並無法挽回惡化的情況。

先打人一巴掌再安慰對方這種事絕對不是一件好事，雖說現在這個世代是個可以暢所欲言的時代，但無論社會再如何進步，有些事在分寸的拿捏上還是要萬分注意，有些話不是可以隨便出口，有些事自然也不是可以隨意去做，但開始有某部分人不關切這些問題，我行我素是他們的代言詞，而那理所當然的態度有時更是讓人看不下去。

「多愛自己一點」並不等於「自以為是」或「全世界以我為尊」，可有些族群卻是把這一切混為一談，認為既然很多人都說該多愛自己一點，那自己就是一切的主宰。

人可以是自己本身的主宰，但卻不能主宰他人的一切，看著他人的失敗報以嘲笑，聽著別人的傷痛恣意踩踏，很多時候沉默會比說上一句無謂或無聊的話好上很多。

「無聊當有趣」真的一點也不有趣。

「隨意酸他人一句」真的不是人生必備。

人可以很愛自己，但也別忘了在愛自己之餘也不該傷害到他人，這樣的自我愛護才有意義，否則也是落得幾個名稱不同的罵名而已。

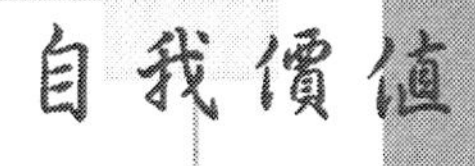

自我價值

文：君靈鈴

人生在世不受控制的事太多了，人常說的「計畫趕不上變化」說的就是這種情況，而若時常被如此打擊，很多人就會慌了手腳忘記自己該做什麼或下一步該怎麼辦。

但每個人都有優缺點，人沒有十全十美，遇到無法應付的事就應該去求教懂的人，而不是故步自封在原地乾著急，異想天開想著事情可能會自己解決或結束，可實際上問題就擺在那裡，不親自去解決永遠也擺脫不了。

而其實求教這件事是很多人的障礙，有的是地位已經很高所以拉不下臉，有的是自視很高覺得他人沒有自己聰明，也有的是個性使然就是跨不出這一步，但不管如何在人生中我們時常可以遇到能夠給予我們知識及賦予我們更多技能實力，幫我們自身價值加分的人，就看願不願意接受且主動出擊而已。

自我價值是一種可以不斷升級的東西，就像打遊戲可以練等級般，增加自我價值對人生是一件很有幫助的事，當自我價值的級數不斷增加就會發現以前自己認為辦不到的事在抱持著「有問題就問有困難就求教」的態度後，一切就會變得不同。

用遊戲的說法就是打怪的場所會由低等怪圈升級到高等怪圈，而若是到這種層級之後也別因此自滿，因為人的一生可以學習的東西是怎麼也學不完的，停止學習會讓人生不進反退，自我價值也會因此就停留在某一個階段。

所以放開心胸迎接一切挑戰且不吝虛心求教對人生而言是有一定幫助的，挑戰困難會讓人變得堅強，而虛心求教則會讓人變得壯大起來，說句實話只要夠強那麼能傷害到我們的人也會越少，而自我價值等級越高也代表看他人的無畏臉色這種事也會更不容易發生。

不過重點來了，當自我價值實現到某一個階段，我們發現自己實力已有了一定的基礎後，千萬別因此志得意滿，前頭說了學海無涯，在自我價值這一塊永遠沒有封頂這件事，而如果已經在前段班也別忘了照顧後段班的同學，當一個願意虛心求教的後輩跟當一個願意耐心授教的前輩都是很好的選擇。

所以請不要認為自己能力很差，天生我材必有用，不管是什麼人身上總會有優點或與生俱來的能力，但如果不足以應付眼前的情況，那就去找導師吧，很多時候人生導師就在身邊，只是我們沒有察覺而已。

只要提升自我價值那麼很多事就會豁然開朗，雖然無法保證人生會因此變得非常順遂精彩，但至少比在原地急跳腳或乾著急要好上太多了！

聽聽

文：君靈鈴

「我不聽我不聽！」這是情侶之間爭吵時很常出現的話語。

「不用再說了，我說怎樣就怎樣！」這是老闆口中常見的用詞。

「不管如何你就是這樣就對了，我難道會害你嗎？」這是父母對子女常用的詞語。

然而上述這些舉例都有一個共通點那就是專制，聽不進任何意見並不是一件好事，人沒有完美的，自然也不可能在任何事上頭都能有十全十美的表現，所以一但只以自我為中心，一次、兩次、三次，終有一天會踢到鐵板。

傾聽這件事在人生中其實可以占有不小的分量，就看自己怎麼決定而已，如果在做任何事之前可以多聽聽他人的說法和意見或聽聽過來人的親身經歷，相信對事件會有一定的幫助。

但有些人或許會說，有時候就是事聽太多才會把事情搞砸！

是的，這種事發生的機率也不小，但傾聽這件事本身就不是要人照單全收，在任何事件面前我們都要有基本觀念，這件事是對是錯得先搞清楚，不是一昧的聽取他人意見反而自己完全失去了主張。

人需要有判斷對錯的能力，如果沒有那就得多自習或向他人學習，多聽不會讓自己少塊肉，反之還會讓自己對事件有更多不同的見解，擴展自己的視野，讓自己對待任何事的觀念不再那般狹窄或是鑽牛角尖。

如何聽怎麼聽是一門學問，在眾多意見中判斷出對錯或有用無用是一門藝術，很多事絕對不是不聽就可以成功，也很多事絕對不是聽了就可以勝利。

「聽聽」二字尚需要很多詞來輔佐，例如「判斷」、「正觀」等等，如此一來才能收到聽聽二字的最佳效果，而不是在旁人七嘴八舌之下把自己搞得一團亂。

至於完全不聽的人，老實說真該學學如何去聽，畢竟一個人心頭再定也無法在任何事上頭都能完全拿定主意，很多事單靠自己判斷除了是種對自己心靈的摧殘之外，很多時候也對事情的推進毫無益處。

況且人太自我也不是一件好事，聽不進旁人的意見不想接受他人的勸說只會被看成是一個剛愎自用的人，而演變成這種情況之後可能的結果就是身邊的人一個個遠離，想有個知心人恐怕從此成為一種奢望。

所以說「聽聽」這兩個字看起來雖雲淡風輕，也好似不一定得為之，可若應用得當倒是可以為人生換得不少助益，就看自己要與不要而已。

賀歲電影陪伴過年

文：嘉安

記得年輕時，每過農曆年，其中一個節目一定是大家到電影院看賀歲電影。當然，農曆年期間上映的電影，一律稱為賀歲片，而這類賀歲電影，也以喜劇為多，畢竟在新年流流，還是開心的笑笑，也不想看到打打殺殺。

那時一家看電影都很開心，邊看電影邊吃爆米花。而且，看喜劇常常笑到肚子痛。有印象是，大概由《摩登保鑣》開始，之後的《最佳拍擋》，再加上成龍主演的一系列武打喜劇，如《福星高照》及《龍兄虎弟》，還有周潤發，如《八星報喜》及《賭神》，及九十年代初的周星馳，如《家有喜事》，感覺上每一部都很好笑。過年期間歡天喜地，感覺非常好。

有趣的是，最近與十多歲的兒子們，重溫這些三十、四十年前的香港賀歲電影，兒子們都看得開懷大笑。在看幾輯的《最佳拍擋》，除了遙控車大戰、機器人火拼及一些打鬥場面外，他們對電影中不少的對白，都覺得很好笑。這些對白已經是三四十年前的，這證明了那時的幽默感至今不衰，也足可以看到那年代的電影人功力如何深厚。

賀歲電影這個可以說得上是香港的傳統，但近年似乎已找不到昔日的佳作，不知道是否年紀大了，記性不好了，近年所看的喜劇，已沒有任何印象留下來，看過都忘記了。而且，在看電影的過程中，也沒有特別覺得好笑的某幾幕。

也因為這原因，近年農曆年，還是找回八九十年代的賀歲喜劇來重溫，或許有人會覺得，電影劇情都看過了，還有什麼好看的。偏偏這類喜劇，不單止百看不厭，而且每次看都同樣覺得很好笑。

那些電影對白中還有一個有趣的地方，就是很多對白並非與電影完全有關，只是在一些場合突然冒出來，以襯托電影中的角色。

例如：《最佳拍擋之女皇密令》，當中有一幕是張艾嘉向她老公麥嘉說：「老公，我昨晚夢見你送皮草給我，這是什麼的預兆？」麥嘉便回說：「是失望的預兆！」這兩句對白不看過這部電影，也可以是一句有趣的金句。

過年期間，本來就要開開心心，既然看以前的電影開心，當然維持這傳統。幸好，八九十年代很多精彩賀歲喜劇值得一再回味，每年看幾部，也要好幾年才看得完。再加上，還有七十年代許冠文系列的幾部電影，也同樣很好笑的，看完再重看又要好幾年，所以，絕對不會覺得沉悶。

睹物思人

文：嘉安

一般來說，看見「睹物思人」這四個字，都會與戀人產生聯想，看見她／他所留下的物品，就會思念對方。事實上，這成語源出並非只形容戀人，任何人看見某些事物，便會想起某一個人，都可以形容為「睹物思人」。

看見某一些東西、物件，想起的一個人，很多時候並非存在思念，而是自然地想起了對方，即使與對方沒有任何聯繫，甚至可能是仇人，也會想起了這個人，從而憶起往事，什麼時候，發生過什麼事情。

想起的人，可能早已把對方忘記，偏偏看到這物件就會想起這個人，或當時的一群人，總之就是想起過去的事情，然後突然回顧了一些過去的片段

至於看到某些東西、物件之外，其實範圍可以很廣，可以是到了一個地方，也可以是看一部電影，甚至聽一首歌，鼻子聞到一些氣味，就是這一刻接觸一些什麼事情，而想起了某個人。

這些情況真的很奇妙，如上所述，這個人已經不再聯絡，就在這一刻，在腦海裡突然跑出來。

就像重看了一部舊電影，通常會想起第一次在電影院看這部電影時，與誰一起看。沒錯，就是這個人，而這個人已經失去聯絡十多年，偏偏就在重看這電影時再度浮現腦中，但電影看罷，可能還會想一下，很快這個人的映象就會消失無蹤。

這些情況，舊同學、老朋友都會偶而出現。如果說到親人，甚至是戀人，出現的機率便會更高。當然，戀人的話，也不一定是分手後才會憶起，在熱戀中同樣會出現，而且，出現的頻率就更高了。

仍在熱戀階段，每當想起當然會甜甜蜜蜜，也轉眼便再見面。如果是已分手的，除了憶起這些片段外，可能還會加上有心痛的感覺。痛楚程度，是會與前度的熱戀狀況成正比。越愛對方，這種心痛將會更痛，同時，時間卻又會以反正比的情況呈現，如分手越久，心痛的感覺也會越來越淡。

科學家不知道是否能解釋這些現象，又或者並非科學題目，事實是你從沒有忘記這個人，只是這個人的記憶放在腦中某一角，平時是不

會翻出來，因某種引子，便再次將這記憶打開，讓腦海重現那時的片段。

說實在的，人類的腦部組織的確是很神奇，至今仍然很多無法解釋的現象，這「睹物思人」只是其中之一種而已。

我愛小叮噹

文：嘉安

小叮噹（現在是哆啦 A 夢）漫畫真是陪伴了好幾代的人了，在我小學時就已經在看了，有段時期是非常沉迷，大概在高中後，已經很少在看了，不過，對小叮噹還是有一份感情在。

最近看過大電影《STAND BY ME 哆啦 A 夢 2》，童年回憶一一湧現，或許因為年紀不同，歷練也不一樣了，半百年紀看這動畫，感受卻完全不一樣了。

小時候看的時候，總是幻想如果有小叮噹，這世界會有多美好，同時，也不明白，為何大雄有那麼多的好法寶，最後還是會把事情弄糟的。而且，他愛現的性格，胖虎常欺負他，更不明白為何還是在他面前愛現。

這次看這部動畫，除了因劇情而回憶起小時候，也有不少的感想。例如，看到大雄坐時光機回到過去找他的奶奶，看到更小的大雄，如何在奶奶面前撒嬌，我也不期然想起我的小時候，也差不多同樣情況向我的外婆撒嬌。外婆也同樣希望看到我結婚，所以，我有女朋友之後，亦曾經帶女朋友給外婆看看，她真的很開心。今日回想，外婆也離開了這個世界十多年了，如果有時光機，我也想回去再看看她。

電影中有提及到未來世界，大雄又是一個失敗者，還在結婚前夕逃婚，只會逃避似乎就是他的性格，即使長大了也沒有改變。更甚的還回到過去，躲在過去的世界，同時也埋怨過去的自己。

小時候看過一集是說，高中的大雄要求國中的大雄努力一點，以免影響到高中的自己，而國中的大雄要也要求小學的大雄努力一點，以免影響到國中的自己。那時候覺得十分有趣，現在回看，其實一點都不有趣，那些畫面緣由都是後悔，高中的大雄，因為覺得國中的大雄不努力，所以，才來督促國中的大雄。看似督促，實質就是後悔，後悔年輕時不努力，現實生活中沒有時光機，只能在腦海中，指責年輕的自己，為何不努力。

小夫、胖虎，小時候雖然經常欺負大雄，到長大後，他們依然關心著大雄，這樣數十年的友誼，實在難能可貴，而事實上，人生中，能夠有這樣的知己朋友，實在少數，這樣我們應該更加珍惜。

唯一有點童話意味的，卻是大雄的妻子靜香，以靜香如此貌美如花，又非常懂事，按道理很難會喜歡上大雄的，就像在電影中，靜香所說的一句：「如果我不在他的身邊，他如何生活下去呀？」要一位女子像在照顧小孩一樣的照顧老公，現實生活中，應該非常罕有。事實上，這樣的女人也夠辛苦的了，與其讓心愛的女人受苦，不如早點退出。電影中長大的大雄，總算有點自知之明。

總體來說，小叮噹能夠數十年來都如此受歡迎，真的帶給人不少的歡樂、感想、甚至是回憶，真的是，我愛小叮噹，或許該改口說：我愛哆啦 A 夢。

感情可以很脆弱

文：嘉安

這世上有很多東西或事物可以很脆弱，感情是其中之一種。這裡所說的不只是最多人談論的愛情，也包括了友情，甚至乎親情，都可以為了某一個原因而消失，脆弱得很。

夫妻會有離婚，情侶會有分手，好朋友會割席，甚至是兄弟姐妹、父子母女等，一樣可以反目成仇。

到底這感情是什麼？為何會脆弱得如此可惜，無論當初如何海誓山盟，又或是肝膽相照，說變就變。別以為感情生變，一定是發生什麼驚天動地的大事情，又或是重大的反叛事件，可能只是一些小事，小得幾乎微不足道。但偏偏其中一方覺得有問題，就會起了變化。

相識是緣分，分手也是緣分。當初為何會在一起？除了有血緣關係的二人相聚外，全都是由陌生人變成熟悉的人，進而日久生情，變成了情侶或好朋友。

感情深厚了，也不代表能長久，這世上有多少情侶們說分手就分手，喜歡上第二個？性格不合？無法忍受對方的缺點？昨天大家都是甜甜蜜蜜的，今天可以變成陌路人，更甚的會成為仇人。

朋友呢？歷史上也看過不少賣友求榮的故事，當然，現今的世界情況可能更嚴重。有些甚至乎，因為有利用關係，先假裝成為朋友，用完即棄，根本不存在任何感情，想起來真的很可怕。如果雙方都沒有將對方放在很重視的位置時，情況還好，如果其中一方視對方為知己，情況稍好的，對方只對你冷淡，漸漸疏遠，沒有什麼太大的殺傷力。但若對方存心陷害，這種被出賣的感覺應該非常難受。

至於有血緣關係的親人，即使從小長大在一起，那只證明雙方「認識」了很多年，感情有多深厚卻一點關係都沒有。多少親人就算住在同一屋簷下，都可以相對無言。分開住的，也有數年不聯絡的例子。

父母對子女可以說句：當作沒有生過你；子女也會對父母說一句：已經把父母當作往生了。這些關係，明明應該很親密的，卻可以變成陌路人。感情這東西，到底是什麼？為何說變就變？

在眾多種感情之中，最離奇必定是父母與子女的關係，當初何等的甜蜜，父母當初如何無微不至地關心及照顧對方，用心的付出，但也可以子女做了一些事情，父母可以憎恨子女，這中間到底發生過什麼物理作用？實在無法解釋，只能說：感情可以很脆弱。

金錢重要還是家庭幸福？

文：嘉安

許多事業成功的人，跟家人的關係並不好，甚至跟自己的小孩如同仇人般，這樣的人即使得到了他想要的事業，最終也只能獨享，孤獨地舉起一瓶數萬元的酒又如何？無法讓家人們與有榮焉，值得嗎？

他是上市公司極力培養的年輕人，目的就是要去中國大陸當廠長，才新婚三個月的他，跟老婆還有岳父商量了許久，最後還是決定孤身前往大陸，由於廠區很大，員工數很多，他每半年只有十天的假期可以回台灣，甚至有一次長達一年才回台灣，老婆耐不住寂寞，沒多久就出軌了。

小孩丟回祖父家，雖然衣食無虞，但終究缺乏父母的愛，某天夜裡，小孩忽然說看不見了，原來是長期在陰暗的環境下玩手機造成，沒人管教的情況下，誤了自己的一生，追根究底，還是因為父母分居後造成的。

另外一對夫妻，選擇了一起到大陸，丈夫當主管，老婆當主婦，自己照顧小孩是最好的選擇，看起來好像沒什麼問題，可是雙方都有年邁的父母，其中一人的父母已經離婚，也就是說台灣有三個地方是隨時需要這對夫妻的。

人一定會變老，當父母親年紀大了，隨時會去見上帝，尤其是子女不在身邊的，有些人心情就是好不起來，鬱悶久了，身體怎麼會好？妻子的父親走了，夫妻倆為了回台灣奔喪的事，吵得不可開交，因為丈夫的公司實在很忙，不能請假，妻子只好帶著三歲的女兒回台灣，並且不回大陸，因為她想多陪伴自己的母親，免得連最後一面都沒見到，留下遺憾。

這是個天大的錯誤，丈夫獨自留在廠區，沒多久就被女員工發現，趁虛而入，並暗結珠胎，等到妻子知道時，是收到離婚的訊息，這種拋妻棄子的事，時有耳聞。

跨國企業為了公司的版圖，在海外卻任用自己國家的人無可厚非，但這些高薪的主管，為了事業幾乎很難兼顧家庭幸福，無論是父母或是子女的關係都不易維持，記得朋友的父親當年被調去中東，月薪高達一萬多美元，換來的是他混幫派，打架、鬧事、喝酒，最糟糕的是母親為了彌補父愛，而給了他大量的金錢，他竟然拿

這些錢去吸毒，多次進監獄的他，早已對人生失去任何的期望，出獄不久又回去監獄，如此循環了二十年左右，如今父母已經年邁，也早已放棄這個兒子。

金錢重要還是身體健康？

文：嘉安

身處在一個巨變的世界，許多人都面臨很大的經濟壓力，許多人的壓力已經大到必須超時工作來應付，甚至超時工作都無法填滿資金的需求，漸漸地，身體狀況出現了問題，當無法工作之後，直接壓垮的不只是一個人，可能是整個家庭，包括還在學走路的小嬰兒，還有年邁的父母。

他是一間便利商店的店長，因為商店的位置很好，生意量比多數的便利商店高出許多，也因此讓許多店員受不了巨大的工作量，紛紛求去，於是這家店就長期處於店員不足的狀況，所以加盟的老闆就必須自己也跳下來當店員。

沒幾個月，老闆自己先累倒了，因為他平均工作時數達到每天十三小時，每月只休息兩天，接著換店長的工作時數達到十五小時，並且連續兩個多月沒休假，某天，店長沒去上班，他再也沒法醒來了，過勞死發生在他身上一點都不讓人意外。其實這是有解題，只要增加每班的員工即可，但加盟的老闆為了更高的利潤害死了對他最有貢獻的員工，也差點害死自己。

他是一家上市公司的工程師兼講師，年薪約百萬，買了一間價值三千多萬的別墅和一部百萬汽車，貸款金額直逼三千萬，為了每年高達百萬的貸款，他只好加班，她的老婆也只能重新回到職場，即使薪水不到三萬，也只能咬牙撐下去。

三歲的小孩只好請高齡的父母照顧，有一天，父親騎機車載小孩摔倒了，他當場失去生命跡象，小孩也兩處骨折，母親半年後也因久病走了，小孩送到幼稚園，但經濟壓力更大了，老婆只好跟他一樣，加班再加班，不過，她是多找了兼職的班，夫妻兩幾乎同時病倒，最後落得房子被法拍。其實這也是有解的，房子賣掉，換一間兩千萬以下的房子，問題就解決了。

上述兩個例子，一個是太貪心，想要賺更多的錢，造成難以彌補的傷害，加盟的老闆讓店長的父母傷心，白髮人送黑髮人，自己也在鬼門關前走一遭，差點回不來。

第二個例子除了自不量力，買了太高價的房子，也高估了自己的身體健康，以為長期工作時間太長無所謂，工程師上班到一半忽然暈倒，接著就休養了近半年，妻子幾乎一夜白頭，一下子就衰老了十多歲的感覺，她想再回服飾店賣衣服，已經被老闆嫌太老，幸虧夫妻兩快刀斬亂麻，先委屈幾年，租屋再存錢，十年後終於買了一間六百多萬的兩房公寓。

死有什麼可怕？

文：嘉安

在這世上，大部分人都會怕死，有些人還怕得很，但有趣的是，每個人都難逃一死，有時候會想，既然每個人都要死，這個是無法改變的，到底，死又有什麼可怕呢？

人生無常，很多事情都無法預知，卻唯一肯定會發生的就是死亡，只是大部分人都無法知道何時面對這一刻，但死亡卻必定會發生，這是人生的定律，唯一的人生有常。

既然沒法逃得出鬼門關這鐵律，死亡又有什麼可怕呢？怕是要面對，不怕還是會面對，是怕失去人世間的身外物嗎？金錢、汽車、珠寶、房子、甚至是愛人，死後都全部帶不走，這是否最多人所害怕呢？

有說是人生四苦：捨不得、放不下、看不開、求不得。是否這些都是害怕死的原因？人只要一死，這些都已經跟你無關，而捨不得可能占主因，生前努力獲得了那麼多「身外物」，只是一死就什麼都沒有。

古語有云：「死有重於泰山，輕於鴻毛」，但無論多有意義，又或死得如何轟轟烈烈，結果都一樣，就是死了。無論是流芳百世、遺臭萬年、然而大多數人都是凡人，除了認識的人之外，基本上就會是安安靜靜的離去。

除了親人外，我們接觸得最多離世消息都是名人，小時候覺得很震撼的如李小龍之死，後來的傅聲、翁美玲，到後來的陳百強、黃家駒、張國榮、梅艷芳等等，就可以看到，任何年齡的人都有機會面對死亡，這就更加要把握當下，無論你開心面對、或悲傷面對，人都會有一死，何不開開心心的去面對死亡。

有時候會想深一層，我們怕的不一定是死，上面提過可能很多事情會捨不得，而我不怕死，卻就是怕痛，看到不同人的不同死法，似乎無論那一種，都會經歷痛苦，怕，是怕死得非常的痛楚。

有人會認為，死了之後，便可以解決了所有煩惱事，當然，事情不一定能真正的解決，只是改由旁人來分擔。但自己真的就能解脫嗎？看一些鬼故事，常看到冤魂不散，怨靈可能會長留陽間，這是否代表死後也無法解脫的證據呢？

當然，這世上有沒有鬼魂我們不知道，面對死亡，我們都一無所知。

可能就是因為一無所知，會是另一個害怕的原因吧？

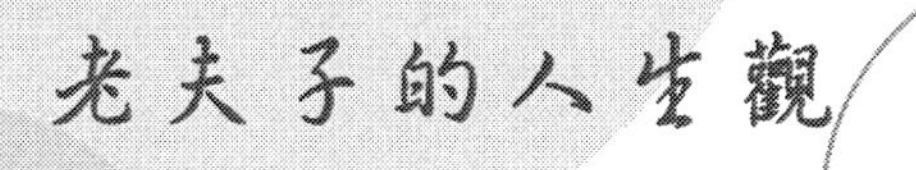

老夫子的人生觀

文：嘉安

從小就愛看老夫子，小時候看的時候，覺得很好笑。長大後再看時，就覺得內裡除了有人生百態之外，還有很多的人生哲理，值得一看再看。

漫畫中的老夫子沒有特定職業，他可以是任何人，任何身分，他就是代表了所有人。也代表了，可能遇上任何情況，任何遭遇。

在四至六格的漫畫裡，要表達一些思想，實在不容易，可以看出無論是王教授，及老王澤的功力，在漫畫藏下了不少想法，還要用幽默方式去表達，更見水準。

有時候老夫子很愛惡作劇、有時候又很愛多管閒事、有時候又愛說教，這就代表了不同人的不同性格。在某些故事中，對話會尖酸刻薄，不少內容看來更是欠揍，看老夫子便能夠看到人生百態。

雖然背景或圖案，人物的衣著，看似舊香港的六七十年代，但內容卻歷久不衰，現在給我的兩位兒子看，他們同樣看得津津樂道，可能是人類的科技進步了，但思想卻沒有進步多少，數十年前的想法，到今天還是一樣，又或許是華人的思維仍然沒有變。

這些沒改變的思維，有些可能是貪小便宜、有些可能是自作聰明、有些可能是瞧不起人，等等，還有一些愛情的對白，有男追女的，也有女追男，但大部分都並不順利。當然還包括了夫妻的相處，漫畫中大部分顯現出女人當家作主的，其實這正反映了現實，人生不如意事十常八九，又或許很多時候，家裡作主的都是妻子居多。

談到不如意事就更有趣了，禍不單行更是漫畫中最常見的題目之一，每次看到這題目，就知道老夫子又遇到很多倒霉的事。而現實生活中，的確是有很多情況是禍不單行的，運氣不好的情況下，總會不如意事接二連三，這就是如此無奈。

常見題目還有一個是耐人尋味，就是一些想不到的情況，很古怪的遭遇，總之，是無法想像，完全猜不出結局是怎樣的。這個題目可以是天馬行空，任何狀況都會有。

最後想說一下是，老夫子中，也有一些是踢足球的，有些的確是球場上會有遇到，有些滑稽的動作並非笑話，而是真實存在的，能夠想像這些出來，可見到作者對足球應該都有不少的認識。

老夫子的人生觀，根本就是人生百態，什麼都會有！

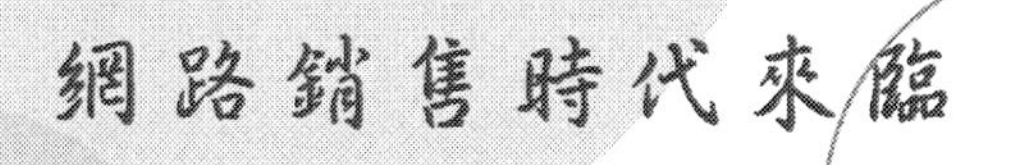

網路銷售時代來臨

文：嘉安

武漢肺炎爆發之後，人類的生活大受影響，依靠人來人往的店面，幾乎都撐不下去，除了逛街的人變少之外，高房租跟員工薪水調高都是具有殺傷力的，尤其是商品具有規格化特性的，可以上網比較價格的，基本上都已經被網路商店搶走生意，當這些客源被導向網路，傳統商店的經營壓力就會更大，除非店面是自己的。

發現這件事的情況是這樣的，平常會買文具的店剛好沒開門，懶得跑到遠一點的地方買，於是就上網搜尋，結果發現只要用不到一半的錢就能買到，接著又發現另外一家網路商店的價格更低，最後我用大約實體店面三成的價格買到了我要的那些文具，而且含運費。

既然比較便宜，於是就將剩下的錢拿來買消耗品好了，像是襪子、毛巾等等，狀況跟文具差不多，反正價格不高，就姑且一試，萬一品質不好，下次就別買這家的東西，但答案挺讓人意外的，文具的品質還不差，襪子、毛巾、短袖上衣的品質超過我的預期。

到便利商店領貨時，其實讓我嚇一跳，跟我相同行為的人竟然有很多，超商堆積如山的包裹待領或待寄出，問了平常跟我有互動的店員，才知道這個現象是因為武漢肺炎造成的。

一位經營實體店面的水晶商友人抱怨，武漢肺炎爆發後，客人都不上門了，但我聽說水晶其實這幾年很熱門，於是就查了一下網路的狀況，發現臉書、奇摩、蝦皮等平台都有大量的直播在販售水晶，有些直播的銷售量非常驚人，每一個產品拿出來都是搶購一空，而且價格都不低，也就是說每五分鐘就可以有三千至五千元的營業額，非常驚人，即使每天只有直播三小時，換算成月營業額也高達數百萬元。要知道，像這樣的人力規模，處理這麼多的商品是不容易的。

場景換到了冷凍倉儲，他們販售的東西以魚、蝦、蟹、肉為主，搶購的狀況更為驚人，單一商品有人一次買數千元，購買人數高達百人以上，光是一件商品，可能就讓營業額達到十萬元，幾個小時下來，營業額幾百萬不是問題。

舉了兩個實際的例子，就能明白現在的實體商店為什麼門可羅雀？為什麼風光不在？而網路商店的威力，最大的重點在於客戶是遍及全台灣的，就算冷凍倉儲的地點在偏遠的地區，還是可以吸引到各地的消費者，透過直播，不再需要親臨現場選購，只要商家的信譽足夠，只要賣家認真的替消費者把關，一旦這兩個條件形成，這個店家的生意就會越來越好，規模大到可以直接影響到傳統的銷售模式。

自我學習的年代

文：嘉安

網路時代的來臨，宣告了許多資訊不再是祕密，資訊以不斷爆炸的方式呈現在世人面前，面對大量的資訊，我們可以選擇置之不理嗎？絕對不行！為什麼呢？因為當我們選擇了不理會，就等同選擇了不進步，當別人進步而自己卻原地不動，最終只能被時代的洪流給淘汰掉。

祕密不再是祕密時，就要善加運用。以前怎麼拍一張好照片，沒人能告訴你，除非身邊有這樣的人，並且願意傾囊相授，或者我們可以花大把鈔票去學，但現在，網路上願意告訴你照片要怎麼拍才會好看？怎麼修圖的？比比皆是，而且完全免費。

以前該怎麼畫一張油畫，同樣沒人能告訴你，狀況可說是跟拍照完全相同，但現在也是有大量的資源，可以讓我們免費學習油畫。類似的事情還非常多，只要我們願意去找資料，例如汽車的基本保養，雨刷可以自己換，不必開到保養場。因為拍這些短片的人即 YouTuber，他們可以透過這樣的方式賺錢，甚至有些人還把這當成主業在經營，並已經獲得大量粉絲的認同，也賺了不少錢。

無論是興趣還是工作需要，我們已經可以從網路上得到大部分所需的資料，剩下的就是必須自我學習。例如工作上需要表格，卻沒學習過 EXCEL，我們只要輸入關鍵字即可得到許多教學的影片，包括常用的 WORD、POWERPOINT、PHOTOSHOP 都能找到許多的教學影片。

能不能學好，差別在於自己想不想要而已，看得越多就得到越多，不願意付出時間來自我學習，當然就無法得到所需的技能。例如喜歡養魚的人，就能夠找到許多養魚的正確方式，大幅降低魚的死亡率，也可以找到如何布置魚缸的教學，並且照順序做給你看，看不懂就重新播放，如此一來，不但增加了自己的信心，也讓魚缸裡的景色更加迷人。

自我進化或自我學習，除了可以讓工作更為順利，也可以讓生活更容易，水龍頭或馬桶出了問題，如果可以自己動手，又何必等師父來，萬一他告訴我們沒空，然後必須等三天，難道我們就等三天？還是要繼續找別的師父？

美國片常會演鄉下的女孩正在修車，這在台灣應該很難見到，甚至大部分的台灣男生都不會修車，而他們應該也多多少少會木工，自己製造想要的傢俱，或是蓋一間木屋，或許有些技能我們用不到，但可以多看，也許有那麼一天就會用到。

文：嘉安

那一年，他才八歲，爺爺自知時日不長了，找了律師立下遺囑，不成材的父親沒有得到太多遺產，叔叔喜愛花天酒地，也跟父親一樣，只得到百分之五的遺產，姊姊得到一成，剩下的八成全部由他繼承，時間很快就過了十多年，當他退伍那天，就是他正式接管遺產的日子，現金的部分約一千萬，並不算很多，但土地的部分，經過了重劃的加持，直逼十億，還有十四間的透天店面，也值三億多，爺爺原本以為乖巧的他會妥善管理遺產，讓家族繼續興旺，沒想到才九年半，他竟然敗光十多億，宣告破產。

事情的經過非常離奇，但也有跡可循，他的破產並不冤枉。他首先處理掉十億的土地，拿到現金之後，姊姊借了五千萬去炒匯，碰巧遇上匯率大幅波動，一夕之間，姊姊借的錢全沒了，還欠一億三千萬，債主登門討債，他乖乖奉上支票，將近兩億就這樣打水漂，掉進水裡。父親本來就不成材，成天在賭博電玩店裡，每天跟他伸手五萬十萬的，短短幾年也敗掉五千多萬，叔叔則把錢砸在酒店的女人身上，酒店經常上門討錢，他也都不吭一聲，照單全收，幾年內也是喝掉七八千萬。

儘管長輩很會亂花錢，也不至於破產，頂多是越來越少錢，但他聽信小人的話，砸了兩億，一口氣開了三家精品店，結果這小人存心害他，進的全是假貨，多的錢全被小人捲走，當他發現有異，小人早已逃到海角天邊，不知去向，又是兩億丟進水裡。說到這裡，也只不過花掉一半的現金，前途依然光明，叔叔的朋友知道他有錢，便設了一個局，說放高利貸很賺錢，剛開始，幾千萬放出去，每周都兩百萬利息，豈知這是騙局，等到兩個月過去，放款金額已經高達一億八千多萬，叔叔的朋友忽然失蹤，事實上是捲款潛逃，他又少了許多錢。

後來他把剩下的房子全都賣了，只留下一間透天店面，打算在股市中賺錢，他相信電視上的分析師，把所有的錢投入股市，一檔打入全額交割股，變成壁紙，一檔用融資買進，慘賠兩億，另一檔雖然用現金買，但連跌近三個月，當他回過神想要賣出，已經剩下一成左右，至此，他把十四億花到剩五千萬左右，父親在傷口上撒鹽，

欠高利貸沒還，幾乎把他僅剩的現金全數花光。破產後，父親每天待在家，母親不再炫富每天請閨密喝下午茶，乖乖在家煮飯，叔叔沒錢可以喝酒不出門，姊姊乖乖找工作，全家人住在僅剩的一間透天店面裡，這是近十年來，全家人第一次都是正常的，原本門庭若市的家，忽然安靜了，原來那些親戚朋友，全是來借錢或是談投資的，現在沒錢了，當然是鳥獸散。

得失之間

文：嘉安

人的一生，有很多次的得到與失去，得到或許很快樂，但失去也不需要悲傷，兩者之間，常常是息息相關，密不可分的，又或者說兩者是並存的。舉個最常見的例子，公眾人物，如明星、政治人物，他們享受著高知名度帶來的財富，卻在某種程度上失去了自由，逛街戴墨鏡，談戀愛遮遮掩掩，甚至有人生了小孩都無法承認，看似風光的背後，是要付出代價的，那天想要恢復自由，說不定就會上八卦雜誌封面，被說三道四，被說老態龍鍾、身材走樣、歲月不饒人，什麼難聽的話都出籠了，但人本來就會老的，不是嗎！？

兩個國中生是國小同學，交情匪淺，但即將要升學考試，一個天天低頭用功，他失去眼前的自我，換來的是台中一中的入學資格，並在三年後考上台大經濟系，然後是碩士、博士，在退伍後得到一份高薪的工作，從此平步青雲，一生順遂，直到退休。另一個學生天天玩遊戲，眼前非常快樂，但考試成績慘不忍睹，只能唸私立高職，後來父親繳不出高額學費，他只能休學，十七歲就當學徒，功夫還沒學好，吃喝嫖賭已經樣樣精通，因為吃檳榔的關係，二十多歲就已經一口爛牙，加上只有國中畢業，找工作到處碰壁，只能做臨時工，因為愛喝酒的關係，某天，從工地高處摔落，終身癱瘓。

一對兄弟，哥哥喜歡的女孩外貌很普通，但願意跟著他打拼，雖然辛苦，但總是存了錢也買了房，還生下兩個小孩，轉眼間，小孩已經大學畢業。弟弟也繼承了父親的部分遺產，但他喜歡國色天香的女人，花了大錢在追求女人身上，女人跟他在一起僅三個多月，等他花光錢財，女人也棄他而去，傷心欲絕的弟弟，從此單身到老，也不願努力工作，他認為錢只要自己夠用就好，一次車禍，需要賠償近百萬，只能向哥哥開口，此時他才意識到錢的重要。

有人犧牲青春，努力唸書得到了甜美的果實，有人虛度光陰，得到眼前的快樂，卻用一輩子的時間辛苦度日，有人腳踏實地，平平安安過一生，有人不顧一切，追求眼前的快活，卻是孤獨到老。他們都得到了想要的，有的是眼前想要的，有的是未來想要的，他們也都失去了些什麼，有的是眼前的快樂，有的是一生的幸福，沒有誰對誰錯，現在選什麼？將來的結果通常是對立的另一邊，只是時間的順序不同，是否值得要問自己，沒有人能幫你回答。

無妄之災

文：嘉安

　　看過絕命終結站系列電影的人，應該知道導演要說的就是天有不測風雲，人有旦夕禍福，但真的是這樣嗎？如果我們可以更謹慎一些，是否能夠減少意外的發生？答案似乎是肯定的，雖然無法百分之百避免，但至少能夠避開大部分的狀況，1986 年台灣曾經發生一件離奇的命案，一位跳樓自殺的女人，跳下樓後沒有死，但她壓死了一個賣肉粽的，之後又發生數起跳樓壓死人的事件，這些事件都有一個共同的地方，無辜的受害者都在大樓的一樓，並且非常靠近大樓的垂直面，事實上，在這個位置上，是非常危險的，能夠不停留，就不要停留。

　　先說看起來沒傷害性的，雖說冷氣滴水會罰，但還是很多人的冷氣水會沿著牆壁，滴中樓下的人，有些人會在陽台種花，澆花的時候，難免會把水灑到樓下，有時整理花盆，會失手把裡面的泥土、碎石掉到樓下，過年大掃除，很多人會把紗窗拆下來洗，一不小心，紗窗就會變成殺人武器，有些公司，會在透天店面的三樓或更高的地方，沿著牆壁吊東西上樓，如果沒綁好，或是沒管制，其實是很可能變成命案現場的。有些老舊的大樓，或是偷工減料的大樓，磁磚或是其他材質外牆掉落，砸中路人的事件時有所聞。

殺傷力大的例如高樓工地的吊臂，它們看起來牢牢地鎖在牆上，但總是有例外，2002 年 3 月 31 日，台北 101 大樓的吊臂因為地震掉落地面，造成五死六傷，而台北轉運站也發生類似的事，兩死六傷，2015 年，台中捷運施工，交通尖峰時間未管制，重達兩百多噸的鋼樑掉落馬路上，一部轎車被壓扁，車主當場死亡，工人三死四傷，三起事件原本都能避免，卻因為便宜行事，未依照施工標準施作，2021 年，台鐵太魯閣號被自家的包商所害，工程車掉進軌道中，造成 49 死，247 人輕重傷的嚴重事故，這又是另一次便宜行事造成的重大災害。

便宜行事的都是工程單位，但受到無妄之災的大多是毫不相關的人，除了部分是工程人員，由此可知，經過施工區就應該繃緊神經，多一分注意，就可能少一分危險。台灣的工程或是施工，不注重安全的狀況非常普遍，最常見的就是高樓工地的吊臂下方不管制，不按照施工標準施作造成的意外真的非常多，運氣好的可能

沒事，運氣差的就像上一段所談的幾起意外，死傷慘重，看出這些意外的共同點了嗎？如果非經過這些地方，真的要提高警覺。

文：嘉安

如果說，有人奪走了自己的妻子或心愛的女友，當下的心情必定是恨得牙癢癢的，但如果時間繼續往下走，後面又發生了一些事，那就很難說了。故事的發生要從十年前說起，那一年，是他們愛情長跑第三年，兩人終於攢夠了錢，買了一間公寓，並且結婚，由於已經認識很久，早已沒有新鮮感，兩人的相處從原本的每周見面幾次，變成天天見面，而假日則是形影不離，於是開始有了小摩擦，這些小摩擦原本是無傷大雅的，但心胸狹窄的她，全都記在心裡，一點一滴的累積，最終像滾雪球般的壓垮了他們的婚姻。

好的閨密，能讓你上天堂，壞的，會把你推進地獄，無法翻身。他的妻子，在家裡悶的發慌，於是找了閨密訴苦，幾次之後，夫妻間的關係急轉直下，妻子開始挑小毛病，並無限放大這些小事，他工作很辛苦，遇到妻子找碴，剛開始不以為意，但終於還是爆發了脾氣，妻子認為他不愛自己了，又找閨密訴苦，這下不得了，閨密把她拉去牛郎店喝酒，從此妻子愛上那種被捧在手心的感覺，卻不知那是甜蜜的陷阱，等到自己的錢被榨光，牛郎便棄她而去，不再搭理她，他知情後，原本想好好談，但妻子一心只想要年輕的肉體，於是就離婚了。

離婚之後，他還是很關心前妻，但兩人早已經是平行線，永遠不可能再有交集，不久後，前妻再嫁，是個比她年輕五歲的男生，非常寵愛她，看似很甜蜜的婚姻，再一次被閨密破壞，她們兩人一起到日本旅遊，在閨密的慫恿之下，兩人都找了指油壓的男師服務，接著就是人與人的連結，糟糕的是整個過程都被偷拍，並上傳到成人網站上，沒多久，年輕的丈夫經由同事告知這件事，結局當然又是離婚。

但前妻已經愛上指油壓的感覺，竟然自己跑去日本，因為有幾分姿色，因此被成人片導演看上，幫她取了一個日本藝名，短短幾個月，就拍了十多部片子並大受歡迎，而她竟也沉溺在這樣的圈子，被導演介紹到一家店裡服務男人，以得到身體上的滿足。兩個男人都被她傷了心，當他們知道前妻拍片並出賣身體後，心裡那份怨恨似乎不見了，有種釋然的快樂，這樣的女人，

就算沒去日本，早晚也會投入別人的懷抱，讓自己頂著綠帽，因此就不再耿耿於懷。

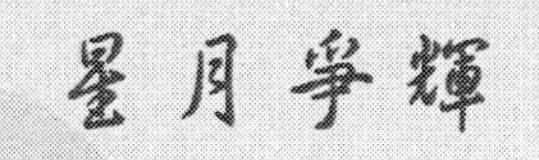

文：嘉安

星星與月亮，都是遙不可及，看得到卻摸不到，當農曆月底到月初的夜裡，星星沒有了月亮的光芒，閃耀地出現在我們的頭頂，而農曆十五左右，月亮的光會因為滿月而明亮，甚至能夠將物體照出影子，此時星星會顯得黯淡無光，另有一段時間，月亮只有一半的光，星星雖然不那麼亮，但也不至於看不到，因此閩南語有兩句諺語：《一時韭菜一時蔥》、《有時星光有時月明》，兩句的意思相似，跟《十年河東，十年河西》意思也差不多，都在說人生有起有伏，莫看眼前而已，有時權傾一時的人也會落魄，而眼前的乞丐，說不定他日會讓人刮目相看。

年輕的朋友可能沒有聽過 Nokia 跟 Motorola 這兩家公司，事實上，它們在九零年代統治著行動電話市場，但這樣的榮景並未維持很久，十多年前，兩家公司開始出現鉅額虧損，最後將霸主之位拱手讓人，而今，統治這個市場的是三星、蘋果、小米、OPPO 等，華為則在美國的強力打壓之下，退居第六，這樣的排名並不讓人意外，台灣也有一家手機廠曾經叱咤風雲，就是 HTC 的宏達電子，股價從最高一千四百多開始滑落，最低只剩下個位數，連最高的百分之一都不到，最後靠減資讓股價回升。

現實生活中，我們常常會遇到的就是富人看不起窮人，但富人真的可以一直富有下去嗎？窮人就會永遠窮嗎？世事難料。他本來是個小混混，沒人看得起他，連黑道的人都不理他，但他老早就看出網路的無限可能，找到了一個中型組頭合作，開發了線上投注系統，最後賺了大錢，雖然不合法，但他及時回頭，在沒有被警方盯上之前就離開這個圈子，抱著十幾億的現金，舒舒服服地過日子，而他的合夥人，貪得無厭，賺了幾百億卻還想要更多，結果對助手太摳門，被黑吃黑，殺死之後還埋在不知名的地方，至今還沒找到。

其實人都難逃一死，不論是總統還是街友，不論是富豪還是乞丐，差別只在於看透了嗎？看透的人心胸寬大，看什麼都是看到好的那一面，就算是天塌下來，他也覺得這是有意義的。自人類統治地球以來，經歷許多大災難，例如兩次世界大戰，無數的小戰爭，還有天花、流感，以及最近才肆虐的新冠病毒，人類在大量死傷的狀況下，能否得到反省？能否看清楚自身所需？能否再度回到古人所提的謙卑？亦或是變本加厲，加速滅亡？沒有人說得準！

國家圖書館出版品預行編目資料

瀟灑看人生／君靈鈴、嘉安　合著—初版—
臺中市：天空數位圖書　2021.10
面：14.8*21 公分
ISBN：978-986-5575-63-2（平裝）

863.55　　110016656

書　　名：瀟灑看人生
發 行 人：蔡秀美
出 版 者：天空數位圖書有限公司
作　　者：君靈鈴、嘉安
編　　審：此木有限公司
製作公司：明揚有限公司
美工設計：設計組
版面編輯：採編組
出版日期：2021 年 10 月（初版）
銀行名稱：合作金庫銀行南台中分行
銀行帳戶：天空數位圖書有限公司
銀行帳號：006-1070717811498
郵政帳戶：天空數位圖書有限公司
劃撥帳號：22670142
定　　價：新台幣 260 元整
電子書發明專利第　I　306564 號
※　如有缺頁、破損等請寄回更換

Family Sky

紙本書編輯印刷：
電子書編輯製作：
天空數位圖書公司 E-mail：familysky@familysky.com.tw　http://www.familysky.com.tw/
地址：40255台中市南區忠明南路787號30F國王大樓　Tel：04-22623893　Fax：04-22623863